# CONTES A JEANNOT

## Jules Girardin

Copyright pour le texte et la couverture © 2023 Culturea
Edition : Culturea (culurea.fr), 34 Hérault
Contact : infos@culturea.fr
Impression : BOD, Norderstedt (Allemagne)
ISBN :9791041830312
Date de publication : juillet 2023
Mise en page et maquettage : https://reedsy.com/
Cet ouvrage a été composé avec la police Bauer Bodoni
Tous droits réservés pour tous pays.

A mon petit-fils JEAN LEBOSSÉ

Il se passera du temps, Jeannot, avant que tu
sois en état de lire ce livre; n'importe, je te le
dédie tout de même, pour te remercier du plaisir
que j'ai à voir ta gentillesse et ta belle humeur
de bébé bien portant.

J. Girardin.


# I

## LETTRES DE FINETTE

## A SON AMIE DE COEUR, MICHETTE, A PARIS


Houlgate, 3 Juillet 1885.

Ma Michette, mon Michon chéri, tu vois que je t'écris tout de suite.
Nous voilà à la mer. Le voyage a été bon, sauf que j'ai eu grand
chaud, et que mon cousin Jean m'a taquinée presque la moitié du
temps, et qu'il m'est arrivé un grand malheur en route.

D'abord, je me suis amusée à regarder par la portière, et c'était bien
drôle de voir les gens à leurs portes ou à leurs fenêtres, les vaches
dans les prés, les chevaux qui labouraient la terre, les oiseaux qui
s'envolaient, les petits gardeurs de moutons qui agitaient leurs
bonnets en l'air ou bien qui couraient de toutes leurs forces pour
faire semblant de suivre le train! Oh! ils étaient bien vite las, je t'en
réponds. Alors ils s'arrêtaient tout essoufflés, s'essuyaient le front et
nous montraient le poing.

C'était si amusant, que j'ai dit à maman: «Oh! maman, si le voyage
pouvait durer toujours!» Maman a souri sans rien dire; Jean a
haussé les épaules, et je me suis remise à la portière.

Alors sais-tu ce que j'ai vu?

Nous étions sur une hauteur, on voyait les maisons et les personnes tout en bas; dans le jardin d'une des maisons, deux garçons s'amusaient à traîner une petite fille dans une voiture à quatre roues. Voilà un des garçons qui se retourne en riant, lève la corde aussi haut qu'il peut, et fait chavirer la voiture et la petite fille. Oh! qu'ils sont méchants et mal élevés, les garçons! Comme nous allions très vite, des arbres m'ont caché le jardin; mais je suis sûre que la pauvre petite fille s'est fait grand mal.

Jean a tout de suite pris le parti des garçons; il a prétendu que la petite fille était probablement quelque mauvaise peste qui avait dit quelque chose de désagréable à ses frères, et qu'ils avaient bien fait de la faire chavirer pour la punir.

Je lui ai tourné le dos et je suis revenue à la portière. Mais bientôt je me suis aperçue que c'était toujours la même chose et que cela devenait un peu ennuyeux, et puis j'avais mal dans les jambes.

Maman me dit: «Finette, tu bâilles, tu dois avoir faim; je te permets de faire la dînette avec ta poupée.»

Alors j'ai fait la dînette avec ma poupée: mais tu penses bien que je l'ai enveloppée jusqu'au cou dans mon mouchoir, à cause des miettes de pain et des petits morceaux de chocolat qui auraient pu tomber sur ce joli cache-poussière que nous lui avons fabriqué à nous deux.

Jean n'aime pas Lili, qui ne lui a pourtant jamais rien fait. Aussi j'étais bien sûre qu'il se moquerait d'elle, et cela n'a pas manqué. Il m'a demandé à quoi servent les cache-poussière, si les personnes sont obligées de s'envelopper de la tête aux pieds dans un mouchoir, à cause de quelques méchantes miettes de pain.

Je ne lui ai pas seulement répondu. Et, comme je voyais bien que ma poupée avait envie de dormir, je l'ai couchée dans mon petit panier. Je ne sais pas si c'est d'avoir couché ma fille qui m'a donné envie de dormir aussi, mais je me suis allongée dans mon coin et je me suis endormie.

C'est pendant que je dormais que le grand malheur est arrivé.

En me réveillant, longtemps après, j'ai pensé que ma fille devait être éveillée aussi. J'ai ouvert tout doucement le panier. Les cahots avaient jeté Lili tout d'un côté; quand je l'ai tirée du panier, j'ai poussé un grand cri et je me suis mise à pleurer. Figure-toi que le côté droit de la figure de Lili était barbouillé d'encre bleue, et son bras droit aussi, et tout le côté droit de son joli costume.

Quand maman avait fait les malles, j'avais oublié de lui donner la bouteille d'encre bleue que j'avais achetée pour t'écrire. Je ne m'en suis aperçue qu'au dernier moment, et alors, sans rien dire, je l'ai mise dans le panier de Lili. La bouteille s'était débouchée pendant que je dormais, et ma pauvre Lili avait pris un bain d'encre bleue.

Jean n'a pas osé se moquer de moi, parce que j'avais beaucoup, beaucoup de chagrin; il est taquin, mais il n'est pas méchant. Maman m'a consolée en me disant que, comme la tête, les bras et les mains de Lili sont en porcelaine, on pourra enlever l'encre bleue avec de l'eau; mais le cache-poussière est perdu, et le joli costume de plage aussi!

Maman ne m'a pas grondée d'avoir mis la bouteille d'encre bleue dans mon panier; mais je sais bien tout de même que c'est ma faute si le malheur est arrivé; car j'aurais dû songer plus tôt à la bouteille, au lieu de jouer tout le temps à la poupée pendant que maman faisait les malles et me répétait toujours: «Finette, tu n'oublies rien? Si tu as oublié quelque chose, il est encore temps.»

Quand j'ai vu que j'avais oublié la bouteille, j'aurais dû la laisser à la maison ou demander à maman de la mettre quelque part où elle n'aurait pas causé de malheurs. Les mamans ont tant d'esprit! Au lieu de cela, j'ai fait une grosse sottise et causé un grand malheur. Songe que la pauvre Lili n'a plus rien à mettre!

Pour me consoler, Jean m'a expliqué que nous étions en Normandie, et m'a montré les clos pleins de pommiers, les pâtures avec de belles vaches et les petites rivières qui courent à la mer, des coqs et des poules sur des fumiers, des canards sur des rivières et de petites hêtes qui sautaient à travers les haies: Jean me disait que c'étaient des lapins; mais j'avais le coeur trop gros pour bien regarder. Toutes ces jolies choses n'empêchaient pas les costumes de Lili d'être perdus. Et moi qui m'étais fait une si grande fête de montrer Lili aux autres petites filles!

Tu vois que j'avais bien du chagrin, et pourtant Jean a fini par me faire rire. Le chemin traversait des herbages. Tout d'un coup, nous voyons un homme, une jeune fille et un petit garçon qui traversaient un pont de bois, pour s'en aller dans les prés, faner le foin coupé. Ils avaient un toutou derrière eux.

Jean s'est mis à chanter: *Les canards l'ont bien passé, tire, lire, lire.* Cela ressemblait si bien à ce que nous avions vu chez Robert Houdin, que je n'ai pas pu m'empêcher de rire.

Mais je n'ai pas ri longtemps, car j'ai repensé tout de suite à la pauvre Lili. C'est ce malheur-là qui est cause que je t'écris avec de l'encre noire et non pas avec de l'encre bleue, comme je te l'avais promis. Je t'aime bien tout de même et je t'embrasse comme je t'aime.

Ta petite amie,

Finette.


Houlgate, 8 Juillet, 1885.

Ma Michette, mon Michon chéri, je t'ai promis de te dire ce que c'est que la mer, et je vais te le dire. La mer, c'est beaucoup d'eau, on ne peut pas dire le contraire. Mais, quand on est tout près de l'eau sur le sable, on pense en soi-même: Ce n'est pas si grand qu'on me l'avait dit. Mais on garde ça pour soi, parce qu'il y a toujours là des gens pour se moquer de vous quand vous faites des réflexions tout haut. J'ai bien fait de me taire, car mon cousin Jean ne se serait pas gêné pour me dire que je n'y entendais rien.

Le 4 juillet, dans l'après-midi, nous sommes montés sur des hauteurs; plus nous montions, plus nous voyions loin, et plus la mer paraissait grande. Je n'ai encore rien dit.

Mais, à mesure que nous montions, le fin bord de la mer, là-bas, du côté où elle touche au ciel, avait l'air de monter aussi. Quand j'ai vu cela, je n'ai pas pu retenir ma langue, et Jean m'a dit: «Petite oie, c'est l'effet de la perspective!»

Alors je lui ai demandé ce que c'est que la perspective; il m'a répondu que j'étais trop petite pour comprendre l'explication de ce mot-là. Veux-tu que je te dise? Eh bien, moi, je crois qu'il ne sait pas plus que moi ce que cela veut dire; sans cela il m'aurait donné des explications pour se faire valoir. Les garçons ont grand tort de se croire plus que les filles!

Je te dirai que l'eau de la mer est salée, avec un goût amer. Je le sais, parce que j'en ai avalé plus d'une gorgée à mon premier bain. Sais-tu ce que c'est qu'un baigneur? Non.... Eh bien, un baigneur, c'est un homme à figure rasée, qui a l'air d'avoir mariné dans l'eau de mer. Il a une bonne figure, mais il ne faut pas se fier à cela. Il vous prend dans ses bras, et il vous plonge en pleine eau. Vous avez beau prier, supplier, vous débattre, rien n'y fait; il vous plonge une fois, deux fois, trois fois dans la mer, et puis après il vous rend à votre maman.

Comme c'est par ordre du médecin que l'homme me plonge dans la mer, maman donne raison au baigneur et ne veut rien entendre. Pour ne pas faire rire à mes dépens les autres personnes qui sont là, je ne crie plus, je ne me débats plus. Quand l'homme dit: «Allons-y!» je ferme les yeux et la bouche, et je retiens mon haleine; mais il faut croire que je ne m'y prends pas bien, car j'avale toujours quelques gorgées de cette eau salée et amère.

J'aime bien la mer pour jouer au croquet sur le sable, mais je n'aime pas la mer pour être fourrée dedans trois fois de suite. Voilà ce que c'est que la mer.

Ah! il y a encore quelque chose que j'allais oublier. Il y a des heures où la mer se retire si loin, si loin, qu'on ne la voit presque plus; alors les gens du pays disent que la *marée* est *basse*. A d'autres heures, elle revient couvrir le sable, et l'on dit que la*marée* est *haute*.

A marée basse, Jean s'en va pêcher des crevettes avec d'autres garçons de son âge. Tu sais ce que c'est que des crevettes, mais tu ne les as vues que cuites. Vivantes, elles sont si transparentes, qu'on les aperçoit à peine dans l'eau.

Il y a des petits garçons qui lancent des bateaux.

Et puis il y a des petits garçons qui lancent des bateaux sur les flaques d'eau que la marée a laissées après elle. J'ai remarqué un de ces petits garçons, qui a une grosse tête, une figure renfrognée et un caractère grognon.

Jean m'a dit que si ce petit garçon était maussade, c'est parce qu'il a une grosse tête, et il m'a fait croire que tous les petits garçons qui ont une grosse tête sont grognons. Quand j'en ai parlé à maman, elle m'a dit que Jean s'était encore moqué de moi. Elle connaît des petits garçons qui sont grognons avec une tête menue, et d'autres qui sont très gentils avec de grosses têtes. C'est bon à savoir, et je te le dis pour que tu ne te laisses pas attraper.

C'est Jean qui met tous les jeux en train sur la plage. Tu vois que, si je te dis ses défauts, je te dis aussi ses qualités; hier il a pris à part, dans un coin, tous ses petits camarades, et il leur a donné l'idée de faire un feu de joie sur la plage, le soir, à marée basse. Toute la journée, ils ont transporté dans leurs brouettes du foin, de la paille, des broussailles et des fagots, et, le soir, Jean a mis le feu au bûcher. C'était très joli, et tout le monde se promenait autour, même les grandes personnes.

Les garçons commençaient à danser des rondes autour du feu, et les plus hardis parlaient de sauter par-dessus, lorsqu'il est venu une averse qui a dispersé tout le monde.

10 juillet 1885.

Il a plu toute la nuit du feu de joie, et puis toute la journée et toute la nuit d'après. Il pleut encore au moment où je t'écris. C'est ennuyeux partout, la pluie, mais surtout à la mer. On ne voit dehors que les gens du pays et quelques baigneurs enragés; toutes les dames restent dans leurs logements ou vont faire de la musique au casino.

On ne voit dehors qu'une Anglaise de quatorze ou quinze ans. Il paraît que les petites Anglaises font tout au rebours de nous autres; par exemple, elles se promènent sans leur bonne et sans leur maman, et elles sortent par tous les temps.

Je vois la nôtre par la fenêtre; elle fait les cent pas toute seule, chaussée de grosses bottines, un grand parapluie à la main, et les cheveux au vent. Jean prétend que tous les Anglais font exprès de se promener à la pluie, et que c'est pour cela qu'ils ont tous les cheveux rouges. Mais je commence à me défier de Jean, et je l'ai bien attrapé en lui disant que j'ai vu à Paris beaucoup d'Anglais qui n'avaient pas les cheveux rouges.

Figure-toi qu'elle se promène toujours! Maman, qui a trouvé ici des personnes de connaissance, a appris que ce n'est pas pour faire de l'effet que la petite Anglaise se promène à la pluie. Son médecin lui a ordonné de se promener deux heures, par tous les temps.

Quand maman m'a dit cela, il y a deux minutes, je n'ai pas pu m'empêcher de rougir parce que je l'avais suppliée de ne pas me faire fourrer dans l'eau par la pluie. Sais-tu ce que je ferai, s'il pleut encore demain? Je dirai à maman de me faire prendre mon bain tout de même. J'espère qu'elle sera contente de moi.

Je te regrette tout le long du jour, ma chère Michette; mais je te regrette doublement par la pluie. Ah! si tu étais ici, nous ferions de bonnes causettes, comme à Paris, et nous ne nous apercevrions seulement pas qu'il pleut.


11 juillet 1885.

Il pleut toujours, seulement un peu plus fort. J'ai demandé à maman de m'envoyer au bain avec Justine. Elle est si bonne, ma maman, qu'elle a tenu à venir elle-même. Elle a pensé que cela me donnerait du courage, et elle a eu raison. Oui, cela me donnait du courage de la voir me sourire sous son parapluie. Je tremblais malgré moi, mais j'avais le coeur content. Le baigneur s'est mis à rire et m'a dit: «Ma petite demoiselle, vous faites comme Gribouille, qui se mettait à l'eau pour n'être point mouillé par la pluie». J'ai ri aussi, et puis il m'a plongée trois fois dans la vague, et puis c'était fini, et j'avais envie de danser. Maman m'a promis d'écrire à papa que je m'étais conduite comme une bonne petite fille. Elle m'a promis encore de m'aider à coudre le nouveau costume de Lili.

Pour me désennuyer, elle m'a menée après déjeuner à une espèce de ferme qui est à deux pas de notre chalet; dans cette promenade, tout m'amusait, même de patauger, même de recevoir des ondées dans le cou. Maman m'a dit que, quand on avait le coeur content, on voyait toujours le bon côté des choses. Je tâcherai d'avoir le coeur content le plus souvent possible.

A la ferme, dans une espèce de grange, il y avait des lapins, mais, tu sais, Michon chéri, des lapins vivants! Ah! des lapins comme ceux que nous avons vus souvent à la devanture des fruitiers, pendus la tête en bas, ou bien des lapins vivants, ce n'est pas du tout la même chose. Oh! si tu avais été là avec moi pour les voir sauter, s'asseoir pour friser leur moustache, faire aller leurs oreilles, et me regarder d'un air éveillé! D'abord ils avaient un peu peur de moi, mais la fermière m'a dit: «Donnez-leur des carottes, mademoiselle, et vous verrez». Elle m'a montré un panier où il y avait des carottes, et j'en ai donné à mes petits amis. Car je puis bien dire que ce sont maintenant mes petits amis. Crois-moi, Michette, quand tu rencontreras des lapins, donne-leur des carottes, et tu verras!

Ne sois pas jalouse de mes nouveaux amis, mon Michon chéri, je n'aimerai jamais personne plus que toi; et je t'embrasse de tout mon coeur.

Ta petite amie,

Finette.

# II

## LA FAUTE DE NONO

### I

C'était, en cette belle terre classique de Sicile, un de ces coins charmants que Théocrite aimait à contempler et à dépeindre dans ses idylles.

Depuis la pointe du jour, la vendange occupait tous les bras et réjouissait tous les coeurs.

Le père de famille, semblable, dans sa robuste élégance, à quelque dieu rustique de l'ancienne Grèce, après avoir distribué la tâche aux vendangeurs et aux vendangeuses, avait mis lui-même la main à l'oeuvre pour donner le bon exemple.

Il avait ri et il avait chanté, parce que la joie de vivre était en lui; car les grappes étaient nombreuses et lourdes, et il voyait le pain de l'année assuré pour tous les siens.

Il avait ri et il avait chanté, parce que le ciel était sans nuages; parce que l'odeur du raisin écrasé, qui planait dans l'air, ajoutait en son âme quelque chose à l'ivresse du bonheur; parce que ses enfants étaient gais, alertes et bien portants, comme de jeunes faunes; parce que la compagne de sa vie était la matrone la plus belle et la plus sage de la paroisse, et qu'elle avait de la cervelle pour deux.

Et elle faisait bien d'avoir de la cervelle pour deux; car lui, Maso, en dépit de son faux air de dieu antique, en dépit de sa force, en dépit de sa barbe, n'était qu'un grand enfant.

### II

Après avoir vaillamment peiné, en bon père de famille, pendant toute la première partie du jour, Maso ôta son rustique chapeau de paille, essuya de son bras nu la sueur de son front, et dit en riant: «Mes enfants, je crois que c'est assez pour une fois! Allons voir si la maîtresse a pensé à nous. Qui m'aime me suive!»

Tous l'aimaient, tous le suivirent en riant jusqu'à l'endroit où la maîtresse avait préparé le repas des vendangeurs. C'était un repas frugal, mais il avait été apprêté avec tant de soin et de propreté, le travail avait si bien aiguisé l'appétit des travailleurs, que les convives le savourèrent comme si c'eût été un festin de nectar et d'ambroisie.

Le repas terminé, les vendangeurs se séparèrent, et chacun d'eux chercha un bon petit coin à l'ombre pour y faire la sieste.

Maso, au lieu de suivre leur exemple, tira sa femme à part et lui demanda ce qu'elle avait fait de Nino.

Nino était le dernier-né de la famille, et par conséquent le Benjamin.

Nino dormait du sommeil de l'innocence, dans une corbeille, à l'ombre. Maso pensa en lui-même que Nino aurait pu mieux choisir son temps pour dormir, mais il eut la sagesse de garder cette réflexion pour lui. Alors, prenant son parti en brave, il se donna le plaisir de regarder dormir Nino. Mais, en vérité, c'était un plaisir bien fade, comparé à celui de le prendre dans ses bras, de le taquiner pour le faire jaser, de se laisser tirer la barbe et les cheveux, ou même de se laisser égratigner les mains et la figure par ses griffes de chat.

La mère, ayant quelques ordres à donner et quelques soins à prendre, laissa ses deux enfants ensemble, le grand et le petit, non sans dire au grand: «Et surtout ne le réveille pas!»

III

«Comme elle me connaît bien!» se dit Maso, émerveillé de la perspicacité de sa femme. Comment avait-elle pu deviner qu'il avait conçu l'idée de réveiller son petit camarade de jeux? Car cette idée, il l'avait conçue un moment. Désormais il fallait y renoncer.

Cependant Nino semblait faire exprès de dormir plus longtemps que d'habitude. La patience de Maso était à bout. Et, pour résister à la tentation de le réveiller, Maso fut obligé de s'en aller. Mais il ne s'en alla pas bien loin, voulant être à portée d'entendre le premier gazouillement du chéri, quand il se réveillerait.

Adossé contre une barrière rustique, les bras croisés sur sa poitrine nue, le bon Maso s'endormit tout debout, comme une sentinelle négligente, ayant à ses côtés son grand chien qui dormait comme son maître.

Tout à coup il sembla à Maso que son chien se frottait contre lui, et qu'en même temps quelqu'un tirait son chapeau.

Il tressaillit, ouvrit les yeux, et partit d'un grand éclat de rire en voyant Nino qui le regardait d'un air surpris, et qui s'efforçait de lui prendre son chapeau pour le punir de ne lui avoir pas fait de risettes.

Les éclats de rire de Maso étaient toujours formidables, mais celui-là était si inattendu que Nino se rejeta sur sa mère et se cacha la figure contre son épaule.

IV

Après le premier mouvement de terreur enfantine, il se tourna de nouveau vers son père, et, comme son père lui tendait les bras, il lui tendit les bras de son côté.

La paix était faite; mais la paix ne se fait jamais sans que le vaincu accepte les conditions du vainqueur. Le vaincu, c'était Maso. Les vainqueurs, c'étaient la mère et le petit garçon.

La mère, avant de livrer son précieux fardeau aux mains robustes et hâlées qui se tendaient vers lui, dit à son mari d'un petit air moqueur qui lui allait bien: «Surtout ne l'écrase pas, et ne le laisse pas tomber.

—Bon, c'est convenu», répondit le dieu antique du ton le plus bénévole.

Et alors seulement il put prendre possession du second vainqueur.

Le second vainqueur s'attaqua à la barbe, aux lèvres, aux yeux, aux sourcils du vaincu, et revint finalement à son chapeau.

Le vainqueur était si agressif et si téméraire, le vaincu si patient et si heureux d'être malmené et maltraité, que le grand chien en poussait de petits cris de tendresse, et frottait sa tête contre la jambe du vaincu, les yeux fixés sur le vainqueur, pour bien montrer qu'il entrait dans l'esprit de la chose, et qu'il prenait sa part de toute cette joie.

En ce moment, deux personnages nouveaux entrèrent en scène: Stella, la soeur aînée, qui avait sept ans, et Nono, le frère cadet, qui en avait trois.

Tous deux étaient couronnés de pampres, en l'honneur des vendanges.

Ni le grand chien, ni le père, ni le petit Nino ne s'aperçurent de leur arrivée; mais les mères de famille ont l'oeil à tout, même dans les moments les plus pathétiques, et la mère de famille s'aperçut tout de suite que la bonne harmonie ne régnait pas entre Nono et Stella.

V

«Mon père! s'écria Stella d'un ton tragique.

—Chuc! chuc! chuc!» répondit le père, non pas à Stella, mais à Nino, qui accaparait toute son attention. Il faisait chuc! chuc! chuc! pour l'exciter à rire.

«Mère! dit Stella d'un ton non moins tragique.

—Qu'as-tu, ma mignonne? lui demanda sa mère.

—Il faut gronder Nono, répondit Stella.

—Gronder Nono! s'écria le père, qui avait entendu les derniers mots. Gronder Nono! et pourquoi donc?

—Il a fait une chose défendue! répliqua Stella avec un sérieux tout à fait bouffon.

—Il a fait une chose défendue! reprit le père en se débattant de son mieux contre Nino, qui cherchait à lui fourrer son petit poing dans la bouche.

—Oui, père, une chose défendue. Au lieu de cueillir des grappes, il a cassé la branche tout entière. Vois plutôt!»

Nono, tout penaud, tenait dans le pan de sa chemisette relevée deux grosses grappes et la branche tout entière, qui traînait derrière lui.

«Il sait bien, reprit Stella, qu'il y a dans la branche des grappes pour l'année prochaine; on ne les voit pas, mais elles y sont; maman me l'a dit le jour où j'avais cassé une branche.

—La belle affaire! s'écria le père de famille en haussant les épaules; je ne veux pas qu'on se querelle un jour comme celui-ci. Venez tous les deux embrasser votre petit frère; après cela allez-vous-en jouer, et ne nous ennuyez plus de vos querelles.»

VI

Les deux enfants embrassèrent leur petit frère, et s'en allèrent jouer chacun de son côté, emportant dans leurs petites cervelles chacun une idée fausse.

Nono était persuadé que désormais, avec l'approbation paternelle, il pouvait traiter la vigne comme bon lui semblerait.

Quant à Stella, elle se dit que la justice était un vain mot, puisque l'on permettait à Nono ce qu'on lui avait formellement interdit à elle-même.

Ces idées auraient fermenté dans les deux petites têtes comme le vin nouveau dans la cuve, si la mère de famille, avant la fin du jour, ne s'était arrangée pour prendre chacun de ses enfants en particulier, et pour leur faire voir la vérité.

Stella, adroitement interrogée, dut convenir que le pauvre Nono n'avait péché ni par malice ni par désobéissance, puisqu'il avait cassé la branche sans qu'on lui eût défendu de la casser ni expliqué pourquoi il ne fallait pas la casser. Il avait si peu conscience d'avoir commis un crime, que, quand Stella l'avait si vertement tancé, il apportait triomphalement la branche à sa maman pour lui faire plaisir. Stella dut reconnaître que la justice n'est pas un vain mot.

A Nono, la jeune mère se contenta de dire ce qui peut entrer dans l'intelligence d'un enfant de trois ans. Sans lui charger l'esprit de la théorie des grappes futures, elle lui fit comprendre qu'un tout petit enfant ne doit toucher à rien sans avoir demandé conseil à son papa ou à sa maman. C'est une règle dont l'application ne demande point de grands efforts d'intelligence.

«Nono a compris», répondit le jeune délinquant.

Le père n'eut point connaissance des exploits de sa petite femme; mais, d'une manière générale, il continua à en être très fier, parce qu'elle «avait de la cervelle pour deux».

# III

## CHARLES KLIPMANN

J'ai lu quelque part que les savants, lorsqu'ils ont en tête une découverte importante, n'ont plus aucune idée de ce qui se passe autour d'eux. M. Klipmann était un grand chimiste, et il ne savait jamais ce qui se passait dans sa maison, toute son attention étant concentrée sur ses cornues, sur ses alambics et sur ses petites fioles.

Comme il n'était pas riche, il n'avait qu'une seule domestique, la vieille Françoise. La vieille Françoise passait sa vie à se désespérer, parce-que Monsieur tachait et déchirait ses vêtements, sans s'en apercevoir, mettait tout le ménage en désordre pour trouver un objet qu'il tenait à la main, enfilait ses bas à l'envers, en songeant à autre chose, sortait en vieilles pantoufles, mangeait sans se douter de ce qu'il mangeait, s'étranglait en méditant des problèmes, et, à toutes les observations, répondait d'un air ahuri: «Eh oui! comment donc! certainement!»

M. Klipmann avait, quelque part, un frère, qui était demeuré veuf avec un petit garçon. Ce frère mourut. Pour une fois, M. Klipmann se laissa habiller décemment par Françoise, alla enterrer ce frère qui était mort sans laisser un sou, prit le petit garçon par la main et l'emmena chez lui.

«Voilà un petit garçon, dit-il à Françoise, c'est mon neveu, vous savez, oui, certainement! Je..., je l'adopte.

—Monsieur fait bien», répondit la vieille bonne, très émue à la vue de ce pauvre petit orphelin de quatre ans.

L'orphelin, qui s'appelait Charles, avait l'air d'un petit chat sauvage, il se laissa embrasser en rechignant; mais la bonne Françoise était trop émue de son malheur pour lui en vouloir de ses mauvaises manières.

«Il faudra, dit M. Klipmann, oui, certainement il faudra....

—Prendre soin de lui, reprit Françoise, qui était habituée depuis longtemps à achever les phrases que son maître laissait toujours inachevées.

—Prendre soin de lui, oui, certainement! C'est bien cela, prendre soin de lui,... et puis lui faire comprendre, une bonne fois pour toutes.... (ici le petit garçon regarda son oncle d'un air méfiant), une bonne fois pour toutes, qu'il ne doit jamais entrer dans le laboratoire, mais que tout le reste de la maison est à lui.» (Ici le petit garçon sourit. Il était laid, le pauvre-petit, mais il avait un sourire réellement agréable.)

«Jamais dans le laboratoire!» reprit M. Klipmann en levant l'index de la main droite. Le petit Charles fit un signe de tête. «Le reste de la maison est à toi.» Cette fois Charles fit deux signes de tête au lieu d'un.

«Le reste va tout seul», ajouta M. Klipmann en poussant un soupir de soulagement. Comme il se sauvait, impatient de retourner à ses expériences et à ses manipulations, Françoise lui dit: «Monsieur n'oubliera pas d'ôter ses habits propres pour aller faire ses cuisineries!»

Monsieur fit signe que c'était une chose entendue; ce qui ne l'empêcha pas d'aller tout droit au laboratoire et de s'emparer d'une fiole qu'il se mit à considérer d'abord, puis à secouer ensuite, toujours en costume de cérémonie, le chapeau sur la tête.

Sous prétexte de montrer au petit Charles l'endroit où il ne devait jamais mettre les pieds, Françoise s'en alla tout droit au laboratoire, tenant toujours le petit garçon par la main.

«Là, dit-elle, maintenant que Monsieur a bien regardé sa petite bouteille, il va aller changer de vêtements.

—Ça a réussi, répondit M. Klipmann en lui montrant la petite fiole.

—J'en suis bien aise pour Monsieur, dit Françoise avec complaisance. Les vieux effets de Monsieur sont tout prêts sur le lit.»

M. Klipmann comprit qu'il fallait obéir. Après avoir jeté un dernier regard de satisfaction sur sa fiole, il obéit sans résistance.

Tout le temps qu'avait duré cette scène, le petit Charles avait jeté des regards pleins de sagacité et de pénétration tantôt sur la vieille bonne, tantôt sur le vieux chimiste. Et, dans son intelligence d'enfant de quatre ans, il comprit vaguement que l'oncle Klipmann était un enfant comme lui, seulement plus grand et plus vieux, et que c'était à Françoise qu'il fallait obéir.

Lui ayant promis de ne jamais entrer dans le laboratoire, il n'y entra jamais, ce que Française trouva bien beau de sa part, sans le lui dire. Mais, n'ayant pas promis de ne pas explorer la maison de la cave au grenier, il passa toute sa petite enfance à l'explorer, au grand détriment de ses vêtements, car il était souple et hardi, et grimpait partout, même sur le toit.

Un jour, Françoise était dans le petit jardin, occupée à tricoter, tout en surveillant sa cuisine du coin de l'oeil. Sur le sable, devant elle, l'ombre de la maison se dessinait; tout à coup Françoise remarqua comme un mouvement du côté de la cheminée. Elle crut d'abord reconnaître l'ombre du vieux chat Sarrazin. Mais Sarrazin ne devait pas être si gros que cela. Elle leva les yeux et fut saisie d'horreur et d'effroi en voyant le petit Charles debout contre la cheminée, examinant avec un profond intérêt le chapeau de tôle, que le moindre vent faisait tourner dans toutes les directions.

Françoise, qui était une femme très prudente, ne cria pas après lui, de peur de l'effrayer et de lui faire faire un faux pas; mais, quand il fut descendu de son observatoire, elle le gronda bien fort et voulut lui faire promettre de ne jamais remonter là-haut. Charles refusa obstinément de promettre: il tenait absolument à savoir pourquoi le chapeau de tôle tournait. A cette époque-là, Charles avait près de six ans.

Françoise voulut savoir comment il avait pu arriver à la lucarne, qui était ce que l'on appelle une fenêtre à tabatière. Elle monta donc au grenier et demeura stupéfaite en voyant une espèce de machine, moitié échelle, moitié escabeau, que Charles avait construite avec beaucoup de patience et d'industrie à l'aide d'une scie, d'un marteau, de quelques clous et de beaucoup de ficelle. Dans la construction de cette machine entraient quelques débris de planches, un manche à balai, les trois tiroirs d'une vieille commode et la carcasse d'un fauteuil, tout cela dépecé à la scie par l'industrieux Charles.

Françoise pria M. Klipmann de monter pour examiner cela. Le chimiste ne s'indigna pas de voir ses meubles en pièces. Tout ce qu'il trouva à dire, c'est que ce petit garçon était adroit comme un singe.

«Il est temps, riposta Françoise, que ce petit garçon aille à l'école, pour apprendre quelque chose. Nous verrons s'il est aussi adroit de sa cervelle que de ses mains.

—Oui, oui, répondit M. Klipmann, il est temps.»

Et Charles fut envoyé à l'école. Il apprenait bien, et vite. Trop vite même, au grand détriment du mobilier de la classe. Comme il avait toujours terminé son travail bien longtemps avant les autres, il employait ses loisirs à graver son nom sur les tables et sur les bancs, à creuser des trous pour placer ses coudes plus à l'aise, à tracer de profondes rigoles pour y faire couler de l'encre.

Quand la table fut tailladée à jour, il songea à enlever les vis qui la retenaient au pied massif. Ce n'était pas avec l'intention de faire tomber la table, pour causer du désordre, c'était pour savoir la raison des choses, car il remettait toujours les vis après les avoir enlevées. Quand il sut ce qu'il voulait savoir, il commença à apporter en classe des morceaux de bois plein ses poches, et il les travaillait avec un canif.

«Il ne peut pas s'empêcher de tailler quelque chose», disait le maître d'école à Françoise.

Françoise le savait bien, et les vieux fauteuils du grenier le savaient bien aussi, car c'était à même les bras et les pieds de ces vieux débris qu'il prenait ses provisions de bois à l'aide d'une scie mystérieuse, sur laquelle Françoise ne put jamais mettre la main.

Un certain jeudi, jour de congé et de loisir, il mit le comble à ses méfaits domestiques. Il s'était introduit dans le cabinet de son oncle, et cela sans scrupule et sans remords, puisque la «maison était à lui». En furetant, selon son habitude, il découvrit un cornet de papier contenant des clous en quantité, puis un ciseau, puis une vrille, puis un marteau. Quelles richesses! Et à quoi les employer? Les yeux brillants, les narines frémissantes, il regarda autour de lui.

Qu'avait-il besoin de chercher si loin? Là, sous ses yeux, sous sa main, il y avait un énorme coffre en bois.

Il attaqua d'abord le coffre avec le ciseau, et enleva de très beaux morceaux. Fatigué du ciseau, il joua de la vrille. Fatigué de la vrille, il enfonça des clous avec le marteau. Et puis que ferait-il bien encore? Ses yeux tombèrent sur le chapeau du chimiste, le chapeau numéro un, s'il vous plaît. Pourquoi aussi ce chapeau se prélassait-il sur le coffre, à portée de la main, au lieu d'être accroché dans la garde-robe? Oui, pourquoi? Possédé par son démon familier, Charles se dit que ce serait bien drôle d'enfoncer des clous dans un chapeau. Cette opération présentait certainement quelque difficulté, à cause du peu de consistance de l'objet. Raison de plus pour essayer. Les vrais chercheurs sont toujours piqués au jeu par les difficultés d'une entreprise. Tout d'abord le chapeau se défendit à sa manière en se dérobant sous les coups. Première difficulté à vaincre. Charles en triompha en fixant le rebord du chapeau au bois du coffre à l'aide d'un clou solidement enfoncé. Ensuite il planta des clous sur les côtés. La paroi cédait sous l'effort; mais, à force d'essayer, Charles en arriva à ses fins. Et maintenant voyons le fond du chapeau. Le fond cédait, puis revenait à sa disposition première, avec de petites détonations sourdes. Il s'agissait de saisir le bon moment, et Charles, à force d'adresse et de patience, le saisissait presque toujours. Le milieu du rond était l'endroit le plus difficile, étant le moins résistant; Charles y appliquait son clou, quand la porte s'ouvrit.

La personne qui l'avait ouverte demeura stupéfaite sur le seuil; quant à Charles, tout entier à son oeuvre, il n'avait rien entendu.

L'oncle Klipmann, car c'était lui, avait terminé la veille au soir une série d'expériences qui l'avaient enfin amené à une découverte importante: il avait employé une partie de sa matinée à contrôler le résultat de ses expériences, afin d'être bien sûr de ne s'être pas trompé.

Il avait peu dormi la nuit précédente: la joie l'avait tenu éveillé pendant les premières heures. Puis c'était le remords qui lui avait tenu les yeux grands ouverts. Maintenant que ses recherches avaient abouti, et qu'il rentrait, pour quelque temps du moins, dans la vie réelle, dans la vie de tout le monde, il se demandait comment il avait pu négliger à ce point le fils de son frère. Les méfaits de cet enfant, qui étaient tous du même genre, lui revinrent à la mémoire, et il se dit: «Un cours d'eau qui n'est point endigué peut gâter tout un pays; il s'agit de lui creuser un canal, et alors ce cours d'eau devient utile, de nuisible qu'il était. Jusqu'ici, je le vois bien à présent, la vie de mon petit neveu a été comme ce cours d'eau. Ce besoin de s'affairer sans cesse à occuper ses doigts, c'est peut-être une vocation qui s'ignore et qui se cherche. Il s'agirait d'endiguer le cours d'eau et de lui creuser un canal.

L'enfant a peut-être, sans le savoir, le goût de la mécanique. Assez de chimères pour le moment; dès demain je ferai des expériences pour aider ce pauvre enfant à découvrir ce qu'il cherche.»

Le lendemain matin, l'habitude et aussi le désir de se confirmer dans la certitude d'avoir réussi le menèrent tout droit à son laboratoire. Mais il n'y resta pas plus de deux heures, et, aussitôt qu'il en fut sorti, il parcourut la maison pour chercher Charles et pour savoir où il en était.

Il en était à planter des clous dans le chapeau numéro un.

Au lieu de s'emporter, le brave homme contempla en philosophe le petit garçon qui devait être désormais le sujet de ses expériences. L'adresse de l'enfant, sa dextérité, son attention profonde confirmèrent le chimiste dans ses idées et dans ses intentions.

Le clou du centre, le plus difficile de tous, une fois bien et dûment enfoncé, Charles poussa un soupir de soulagement, passa le dos de sa main sur son front et regarda autour de lui.

Le premier objet qui frappa ses regards, ce fut la personne de l'oncle Klipmann. Quoique l'oncle Klipmann n'eût point l'air d'un croquemitaine, Charles tressaillit et s'écria, en laissant tomber son marteau:

«Oh! mon oncle, qu'est-ce que j'ai fait là?

— L'as-tu fait par méchanceté et pour m'être désagréable? demanda l'oncle Klipmann.

—Oh! pour cela, non, mon oncle. Je ne sais pas comment tout cela m'est venu en tête. Je vous jure que....

—Ta parole me suffit, reprit l'oncle Klipmann. Maintenant convenons entre nous que ce coffre aurait meilleur air si tu y avais fait moins de trous et enfoncé moins de clous. Convenons que, s'il te fallait absolument enfoncer des clous dans un chapeau, tu aurais mieux fait de choisir le numéro deux: et puis, n'en parlons plus; seulement, promets-moi de te mieux surveiller à l'avenir.

—Oh! mon oncle, je vous le promets.

-Je sais que tu tiens toujours tes promesses. Assez sur ce sujet.

—Pardonnez-moi, mon oncle.

—Mon neveu, je te pardonne. La preuve, c'est que je vais t'emmener faire un petit tour de promenade avec moi. Dis à Françoise de te refaire ta toilette. En l'attendant, je vais....»

Il allait dire: «Je vais donner un coup de brosse au chapeau numéro deux». Mais il jugea inutile d'ajouter à la confusion de Charles, et il s'en alla en se disant à lui-même: «Occupons-nous maintenant de creuser ce canal».

Une demi-heure après, l'oncle et le neveu s'en allaient les meilleurs amis du monde. Quand il n'était pas enseveli dans ses recherches, l'oncle Klipmann était un homme très fin et très adroit. Il se mit à parler avec Charles de toutes sortes de sujets, et, au fur et à mesure, notait avec soin ses réponses, sans en avoir l'air.

Quand ils furent devant la boutique de l'horloger Brisson, l'oncle tourna le bec-de-cane de la porte et entra, suivi de son neveu. Brisson connaissait bien l'oncle Klipmann, qui était un de ses clients; il connaissait bien aussi le neveu de l'oncle Klipmann, car il le voyait souvent s'arrêter devant la boutique pour le regarder travailler.

L'oncle Klipmann expliqua à Brisson qu'il désirerait, si cela ne le dérangeait pas, se faire montrer l'agencement d'une montre, le jeu, le ressort et l'engrenage des roues. Brisson avait justement sur son établi, sous un verre renversé, une montre qu'il avait nettoyée; il se disposait à en remettre en place les principales pièces.

Une petite pince à la main, l'oeil collé sur une loupe, il commença tout à la fois ses opérations et ses explications.

C'était l'oncle qui avait demandé cette petite leçon d'horlogerie, et c'était uniquement le neveu qui en profitait. Charles ne quittait pas du regard la pince de l'opérateur, et il buvait, comme on dit, jusqu'à ses moindres paroles. Quant à l'oncle, ce n'est pas la montre qu'il regardait, mais la figure de son neveu. Un sourire discret se jouait sur ses lèvres, le sourire de l'homme qui a deviné juste. Quand Brisson eut terminé ses explications, et répondu à quelques questions très intelligentes de Charles, l'oncle et le neveu reprirent leur promenade.

Charles était silencieux et préoccupé; ce silence et cette préoccupation firent grand plaisir à l'oncle Klipmann, au lieu de l'offenser.

Le hasard de la promenade (était-ce bien un hasard?) les amena, à quelque distance de la ville, devant la porte d'un enclos considérable. L'oncle sonna à cette porte et demanda l'autorisation de visiter l'usine; car la grand mur d'enceinte contenait de vastes ateliers où l'on construisait des machines. Le directeur en personne, ingénieur fort distingué, voulut faire à l'oncle Klipmann les honneurs de l'établissement.

Cette fois encore, ce fut le neveu qui écouta les explications avec le plus d'attention.

Pendant qu'ils retournaient chez eux, l'oncle expliqua à son neveu que le directeur de l'usine était ce que l'on appelle un ingénieur civil: que, pour devenir ingénieur civil, il avait passé par une école qui est à Paris, et que l'on nomme l'École Centrale des Arts et Manufactures, ou tout simplement l'École Centrale.

Charles écoutait en silence; il était facile de voir que sa petite tête travaillait, envahie par des idées nouvelles.

L'oncle Klipmann fit semblant d'être plongé dans ses méditations chimiques, et laissa prudemment travailler la petite tête.

Au retour, Françoise, à qui son maître avait donné le mot, ne parla pas des dévastations du matin et se montra aussi avenante qu'à l'ordinaire. Aussi Charles la suivit à la cuisine; là, assis sur une chaise basse, il regarda quelque temps le feu sans parler. Puis tout à coup il dit:

«Françoise, je crois que j'aimerais bien être horloger.

—C'est un joli état, répondit Françoise.

—C'est à cause des petites roues qui s'engrènent les unes dans les autres. Je crois que je ne me lasserais jamais de faire engrener de petites roues.

—Ah!» dit Françoise.

Après cela, Charles monta à sa petite chambre, et, pendant qu'il s'efforçait de dessiner des roues dentées sur son cahier de brouillons, sa petite tête recommença à travailler.

Le résultat de ce travail se produisit au dîner. Au moment d'achever son potage, il tint la cuiller suspendue entre son assiette et sa bouche, et dit avec un gros soupir:

«Ils sont bien heureux les petits garçons de Paris de pouvoir aller à l'École Centrale.»

L'oncle Klipmann sourit: le travail de la petite tête avait abouti juste où il désirait le voir aboutir.

Alors il expliqua à Charles que l'École Centrale n'est pas une école destinée uniquement aux petits garçons de Paris; mais que les petits garçons de toutes les parties de la France peuvent y aller étudier.

«Ceux de Verneuil aussi? demanda Charles d'une voix émue.

—Ceux de Verneuil aussi.

—Alors, mon oncle, tu m'y enverras.»

L'oncle Klipmann lui expliqua que l'on n'entre pas à l'Ecole Centrale comme dans un moulin, qu'il faut subir des examens et en quoi consistent les examens. On commence par bien apprendre ce que l'on enseigne à l'école primaire. De là on passe dans un collège ou dans un lycée. On travaille ferme, et, au temps voulu, on se présente.

«Tu as bien compris?

—Oui, mon oncle, répondit Charles d'un air réfléchi. Et puis, ajouta-t-il, je travaillerai dès demain, et je ne t'abîmerai plus tes affaires.»

«Et voilà le canal creusé», pensa l'oncle Klipmann en souriant.

Le canal était creusé, en effet. Dès le lendemain, Charles travailla comme un petit homme, et le surlendemain aussi, et le mois suivant aussi, et aussi les années qui vinrent après.

Il est entré à l'École Centrale, et il en est sorti ingénieur civil, et il a l'avenir devant lui.

## LES TROIS PETITS CHIENS

En trottinant de compagnie sur la route, trois petits chiens faisaient la conversation, et, tout en causant, ils enchérissaient à qui mieux mieux sur l'horrible méchanceté du monde.

Le premier dit: «Non, vous ne voudrez pas me croire, et pourtant je vous donne ma parole que c'est la pure vérité. Un homme, avec un seau, m'a jeté de l'eau de savon sur la queue. Moi, je trouve que c'est une abominable cruauté; et vous?»

Le second dit: «C'est tout simplement une atrocité; mais il m'est arrivé bien pis, à moi. Un gamin, d'un coup de pierre, m'a presque cassé les reins. Hein! qu'est-ce que vous dites de *cela*?»

Le troisième dit: «C'est encore moi qui ai le plus à me plaindre; et il ne m'est que trop facile de le prouver. Un homme m'a presque écrasé. Pourquoi? Pour avoir regardé un chat. N'est-ce pas le comble de la méchanceté? hou! hou!»

Mais il y a une chose que les trois petits chiens oubliaient de dire: le premier avait volé des sardines; le second s'était jeté sur un pauvre aveugle, et le troisième avait donné la chasse au chat de la maison.

C'est ainsi que parlaient les trois petits chiens; et il y a, par le monde, quantité de petits enfants à boucles blondes, et même de vieux enfants à barbe grise, qui ne sont pas plus sages. Racontent-ils une aventure, elle est toute à leur gloire, ils y ont le beau rôle; mais ils ne soufflent mot des circonstances dont ils auraient à rougir.

Les petits chiens, n'étant que de simples animaux, raisonnent et raisonneront toujours en simples animaux. Jamais ils n'arriveront à comprendre qu'il est mal de voler les sardines du prochain, ou de se jeter sur les gens sans défense, ou d'épouvanter les chats qui ne vous disent rien.

Rendus circonspects par de fâcheuses expériences, il concluront, en véritables petits chiens qu'ils sont, qu'il s'agit tout simplement de voler les sardines quand l'homme au seau a le dos tourné, de se jeter sur les aveugles quand personne n'est à portée de les défendre, et de choisir mieux son temps pour se livrer au divertissement de la chasse à courre. Ils n'auront jamais en vue que leur avantage et leur plaisir, et déblatéreront jusqu'à la fin du monde contre celui qui les empêchera de chercher leur avantage et de prendre leur plaisir là où ils croient le trouver.

Pourquoi? parce que les petits chiens, même quand ils sont devenus grands, n'ont point de conscience qui les éclaire sur ce qui est bien et sur ce qui est juste.

Mais les petits hommes à boucles blondes et les vieux hommes à barbe grise ont une *conscience*. Qu'ils la prennent pour conseillère avant de raconter leurs exploits, et pour juge avant de condamner le prochain.

# V

## LE PERE VIAUD

Le père Viaud a quatre-vingt-cinq ans; et, quoiqu'il soit encore droit et fort pour son âge, son pas n'est plus aussi ferme ni aussi régulier qu'autrefois, ses mains sont agitées d'un tremblement chronique, et il dit lui-même, en parlant de ses mâchoires édentées qui s'agitent comme pour mâcher à vide: «Voilà que je *babinote* comme un vieux lapin!»

Pas plus tard que le matin même, ayant eu affaire à la ferme, je l'avais entendu, dans la grande salle, se plaindre, moitié en riant, moitié sérieusement, de ses vieux yeux qui ne lui permettaient plus de distinguer un moineau d'un pinson, de ses vieilles jambes qui le laissaient toujours en route, de ses vieilles mains qui ne savaient plus seulement tenir une cuiller sans faire chavirer la moitié de la cuillerée! Et puis, trois heures plus tard, je retrouve mon invalide à une lieue de la ferme, sur un coteau dont la pente m'avait paru fort raide, à moi qui n'ai pas quatre-vingt-cinq ans. Il se tenait debout, aussi droit qu'un grenadier à la parade, en face d'un sauvageon qu'il était en train de greffer. Un de ses petits-fils, garçonnet d'une douzaine d'années, le regardait de tous ses yeux. On aurait dit un véritable amateur de bonne peinture, en contemplation devant un tableau de Raphaël. Le grand-père et le petit-fils étaient si bien à leur affaire, qu'ils ne m'entendirent même pas venir.

Les mains du père Viaud, ces pauvres vieilles mains qui ne pouvaient plus tenir une cuiller, me parurent transformées. Non seulement elles ne tremblaient pas, mais encore elles avaient une dextérité de mouvements et une délicatesse de toucher dont je demeurai stupéfait. Il taillait, il ajustait, enveloppait, sans jamais faire un faux mouvement. Ses vieux yeux, qui ne distinguaient pas un moineau d'un pinson, suivaient, à bonne distance, les moindres mouvements de ses mains et de ses doigts; enfin, ses mâchoires avaient cessé de babinoter comme celles d'un vieux lapin.

L'opération terminée à son entière satisfaction, il ferma son couteau et le remit dans la poche de son gilet. Ensuite il ôta son chapeau, se passa la main sur le front, poussa un soupir de satisfaction et dit: «Fidéric (l'enfant s'appelle Frédéric), en voilà encore un, mon garçon, et ce ne sera peut-être pas le dernier, eh! eh! eh! A présent, je crois que je vas fumer une petite pipe.

—Grand-père, dit le petit garçon, quand donc me permettras-tu de greffer un arbre, un vrai arbre?

—Quand je te le permettrai? mâchonna le grand père, qui fouillait d'une main tremblante dans sa vieille poche à tabac.

—Oh oui! grand-père, quand?

—Il n'y a plus d'enfants; reprit le grand-père en tapotant la tête du petit garçon avec le fourneau de sa pipe de bois; plus d'enfants! Ça croit qu'on greffe un arbre comme on taille un sifflet dans une branche de saule. M'as-tu seulement regardé, pendant que je travaillais, tout à l'heure?

—J'en avais mal aux yeux à force de regarder, répondit l'enfant.

—Oui, oui, c'est vrai, j'ai bien vu que tu faisais des yeux de chat. C'est justement ce que me disait feu mon grand-père, quand j'avais ton âge et que je le regardais comme tu me regardes. Eh bien, mon mignon, je vas te répondre ce qu'il m'a répondu, il y a de cela septante et trois ans: je crois que tu as l'oeil du greffeur; par ainsi, demain matin, je te laisserai faire, et je te regarderai faire; tu entends, je te regarderai faire; tu n'as pas peur?

—Oh si! un peu, répondit le petit rusé; mais pas trop, parce que, grand-père, tu es si bon!

—Oh! le patelin! marmotta le grand-père, comme il saura entortiller son monde. C'est bien. J'ai un *sujet* en vue, mais, si tu me le gâtes, gare à tes oreilles!»

On voyait qu'il était fier de son petit-fils, et il se mit à ricaner de satisfaction, et en ricanant il laissa choir sa pipe dans l'herbe. Le petit garçon fit une culbute de joie avant de la ramasser.

En se relevant, il m'aperçut et dit à son grand-père:

«Grand-père, voilà le monsieur de ce matin!

—Va à tes vaches, lui répondit le père Viaud.—Monsieur, votre serviteur. Si ça ne vous fait rien, nous allons nous asseoir sur cette souche, parce que les jambes d'un pauvre vieux comme moi.... Oh! après vous, monsieur.

—Un pauvre vieux qui greffe sans lunettes, répliquai-je avec une ironie qui n'était pas pour le blesser, je l'espère; un pauvre vieux qui manie le couteau sans que la main lui tremble; un pauvre vieux qui vous introduit la branchette dans la fente sans s'y reprendre à deux fois, et qui vous enroule le fil, et qui vous l'attache comme une jeune couturière! Qu'on m'en trouve beaucoup de ces pauvres vieux-là!

—Bellement, bellement, dit-il avec un geste de sa main, qui s'était remise à trembler. Quand on a fait une chose toute sa vie; qu'on préfère cette chose-là à toutes les autres; qu'on sait que la chose est honnête, bonne, utile, et qu'on se flatte de l'avoir toujours faite de son mieux, on la fait encore bien quand l'âge vous force de renoncer à tout le reste. On dit qu'il y a une grâce d'état, monsieur, et moi je le crois, puisque je puis greffer sans trembler, et que je ne puis pas manger une cuillerée de soupe sans en renverser la moitié.

—Alors, lui dis-je, vous aimez cela, greffer?

—Si j'aime ça! Mon père l'aimait et mon grand-père aussi; mon fils l'aimait, mais il est mort des fièvres; Fidéric l'aime. C'est un don de famille, et il y a des petits secrets de métier que nous nous passons les uns aux autres. Ah! ah! ah! si j'aime ça! Mais, monsieur, qu'est-ce qu'il y a de plus superbe que de faire d'un arbre sauvage et païen un arbre du bon Dieu, qui nourrit les chrétiens du bon Dieu? C'est beau de semer et de moissonner, et j'ai bien semé et bien moissonné dans ma longue vie; mais le blé paraît et disparaît, et l'arbre reste, et porte témoignage. Il y a, dans le canton, des arbres qui rappellent au monde le nom de mon grand-père et celui de mon père. Il y en a qui rappelleront le mien. Nous sommes des glorieux, dans notre famille, voyez-vous. Aussi loin que vous pouvez voir, tous les arbres à fruit ont été comme baptisés et rendus chrétiens par nous autres; je ne fais que vous redire les paroles de M. le curé. Oui, il a dit, parlant à Monseigneur, la dernière fois que Monseigneur est venu confirmer les enfants par ici: «Monseigneur, les Viaud sont des missionnaires à leur façon; seulement, au lieu de convertir des nègres, ils convertissent des arbres». Et Monseigneur a dit: «Père Viaud, c'est très bien, cela! Qui plante un arbre fait une bonne action; qui greffe un arbre fait une action meilleure encore.» Et il a débité aux enfants un petit sermon là-dessus; je n'ai pas tout compris, parce que j'ai l'oreille un peu dure, mais je sais que c'était très beau.

—Je vois, lui dis-je, que Frédéric a le don, comme vous.

—Il l'a», me répondit le bonhomme avec un sourire d'orgueil. Mais, quand ce sourire d'orgueil eut disparu, sa figure redevint toute vieille, ses mains furent reprises de leur tremblement, et la pipe de bois, qu'il avait allumée à grand'peine, avait d'étranges soubresauts entre ses gencives.

«Et comme cela, repris-je, c'est demain que vous ferez faire à Frédéric ses premières armes comme greffeur.

—Oui, c'est demain; et moi qui n'ai plus l'habitude de désirer grand'chose, je voudrais déjà être à ce moment-là; ça m'avancera pourtant d'un jour sur le chemin du cimetière: n'importe, je voudrais y être.»

Pendant qu'une rougeur fugitive lui montait au visage, je le regardais avec respect, et je pensais à part moi: «Si j'étais destiné à rester sur terre aussi longtemps que ce vieux paysan, quelle est celle de mes occupations présentes qui pourrait me tenir fidèle compagnie jusqu'au bout, donner une force passagère à mon corps défaillant, réchauffer mon coeur, satisfaire ma conscience et m'empêcher d'être comme un mort parmi les vivants? oui, laquelle?»

Ce que je me suis répondu à moi-même importe peu; quelles résolutions j'ai prises, c'est mon affaire. Tout ce que je puis dire, c'est que je m'estime heureux d'avoir vu travailler le père Viaud et de l'avoir entendu parler.

## VI

## INFLUENCE D'UN OURS SUR LES RELATIONS
## DE TROIS PETITES FILLES

A Paris, les petites filles ne peuvent pas voir leurs amies aussi souvent qu'elles le voudraient. D'abord, Paris est grand et les distances sont longues; et puis il y a les cours à suivre, les devoirs à faire, les leçons de piano, les leçons de dessin, les occupations du papa, et les obligations mondaines de la maman.

Au bord de la mer, au contraire, on demeure porte à porte, on a des loisirs, on peut donc voisiner entre mamans et entre petites filles.

Cette année-là, toute une société de connaissances parisiennes s'était donné rendez-vous à Varangues-sur-Mer, et l'on voisinait ferme.

Le 18 août, Mme de Larochemère avait donné une grande matinée de petites filles, parce que c'était la fête d'Hélène, sa fille.

Au retour de cette fête, Mme Loudéac et sa petite Suzanne, pour revenir chez elles, à la villa des Tamarix, suivaient un joli petit chemin tournant et causaient de la fête:

«Alors, chérie, dit Mme Loudéac, tu t'es bien amusée.

—Oh oui! maman,... et puis, as-tu remarqué Alix de Gayrel;... dis, maman, l'as-tu remarquée?»

Les regards de Suzanne brillaient d'enthousiasme. Mme Loudéac ne put s'empêcher de sourire.

«Il y avait beaucoup de monde, dit-elle, et je ne suis pas bien sûre....

—Oh! maman, reprit Suzanne d'un ton de reproche, c'était la reine de la fête: des yeux bleus, mais, vois-tu, d'un bleu..., et puis, des cheveux blonds, mais, vois-tu, d'un blond..., pas en tresses, bien entendu....

—Pourquoi, bien entendu? demanda la maman, qui s'amusait de l'enthousiasme de sa fillette.

—Oh! reprit Suzanne, les tresses, c'est bon pour des mauviettes comme moi, comme les autres, comme Berthe, comme Lydie, comme Paulette, comme..., comme Marthe Lemoyne....»

Elle prononça ce dernier nom avec une sorte de dédain aristocratique, comme si la pauvre Marthe Lemoyne eût formé à ses yeux le contraste le mieux fait pour mettre dans tout son relief l'écrasante supériorité de son idole.

Mme Loudéac fronça légèrement les sourcils, sans rien dire, toutefois: c'était une mère prudente et expérimentée, et elle laissait volontiers bavarder sa petite perruche, pour connaître le fond de sa pensée.

«*Elle*, oh! *elle*, reprit Suzanne, ses cheveux flottent, ondulent; oh! comme ils ondulent! Et puis, quelle toilette, et puis quel sourire! Ah! maman, si tu avais vu son sourire. Nous avons causé, oui, elle a bien voulu causer avec moi, et..., et, ajouta-t-elle avec une explosion de joie et d'orgueil, nous nous sommes promis d'être amies... toujours,... toujours!

—Comme cela, du premier coup? demanda la maman d'un ton de douce raillerie.

—Oui, tout de suite. Tu sais, reprit-elle avec une gravité comique, il y a, comme cela, des personnes que l'on aime à première vue.»

Elle regarda d'un air sentimental la ligne bleue de la mer, qui apparaissait par une brèche des falaises, à l'un des tournants du chemin, et, de son petit coeur gonflé de joie et d'orgueil, s'échappa un soupir de reconnaissance.

«Toujours la même, pensa Mme Loudéac en poussant un soupir de regret; oui, toujours la même: coeur d'or et tête de linotte.»

Et elle se promit d'étudier de près cette nouvelle idole, aux pieds de laquelle sa Suzanne immolait en holocauste toutes ses petites amies, d'un seul coup.

«Et puis, tu sais, mère chérie, reprit Suzanne, son papa est conseiller d'État, son grand-papa sénateur. Elle a un oncle amiral, et un autre archiduc....

—Tu veux peut-être dire archidiacre? suggéra la maman; elle se souvenait d'avoir entendu Mme de Larochemère parler, pendant la petite fête, de la parenté des de Gayrel, qui étaient des nouveaux venus dans le cercle des Parisiens en villégiature.

—Archiduc ou archidiacre! c'est toujours quelque chose comme cela», répondit Suzanne sans se déconcerter. Elle continua à entasser, pièce à pièce, la parenté de son Alix, comme pour écraser de ce monument cyclopéen le reste de l'humanité. Mme Loudéac devina sans peine que, dans l'idée de sa fillette, la pauvre Marthe Lemoyne gisait écrasée avec les autres et, probablement même, plus aplatie que tout le reste. Et pourtant!

Le père de Marthe était architecte. Et, quoique ce fût un véritable artiste, bien connu dans le monde des artistes, et même dans celui qui s'intitule Tout-Paris, Suzanne, dans sa cervelle de linotte, le tenait pour un petit personnage. Savez-vous pourquoi? Parce qu'un jour M. Lemoyne avait dit devant elle, à son papa, qu'il lui arrivait quelquefois de monter à l'échelle, comme les maçons, pour voir où en étaient les travaux. A partir de ce jour-là elle confondit dans son idée l'architecte avec l'entrepreneur qui bouscule les maçons, et avec les maçons eux-mêmes.

Et, comme elle avait vu les maçons déjeuner sur leurs échafaudages, elle n'aurait pas été surprise d'y voir un beau jour M. Lemoyne, assis les jambes pendantes, les vêtements couverts de poussière, les favoris constellés de pastilles de plâtre, tirer son déjeuner d'un sac de toile ou d'un vieux panier d'osier.

Mme Loudéac avait deviné juste. Au moment même où elle regardait sa petite fille, à la dérobée, d'un air attristé, l'architecte poudreux, la mère de Marthe, si douce et si modeste, Marthe elle-même avec ses toilettes simples, sa taille grêle plutôt qu'élégante, son teint un peu brouillé, ses nattes de cheveux châtains, sa figure insignifiante (insignifiante pour les perruches qui ne devinaient pas tout ce qu'il y avait de bonté et d'intelligence dans ses grands yeux pensifs et doux), tout cela formait, dans la tête de la perruche, un repoussoir à souhait pour faire ressortir l'idole aux cheveux d'or dans son cadre étincelant.

«Et puis, reprit la perruche d'un ton confidentiel, il y a une chose que tu ne sais pas et qu'il faut que je te dise: Alix est très brave.

—Elle est très brave! s'écria Mme Loudéac d'un air surpris et amusé.

—Oh oui! très brave, reprit la perruche en secouant gravement la tête à plusieurs reprises.

—Et, dis-moi, mignonne, à quoi as-tu reconnu que Mlle Alix est très brave? Est-ce à sa manière de danser, ou de manger une tarte aux fraises?

—Oh! maman, dit Alice d'un air de reproche. La preuve qu'elle est très brave, c'est que son oncle l'amiral lui a fait cadeau d'une carabine de salon.

—Oh! oh!

—Et elle dit qu'elle n'a pas peur de s'en servir.

—A présent, me voilà convaincue.

—Oh! ce n'est pas tout. Elle a pleuré un jour parce que son papa et son oncle refusaient de l'emmener à la chasse au sanglier. Tu sais ce que c'est qu'un sanglier: une grosse, grosse bête, très méchante, qui renverse tout, et tue tout le monde, quand les personnes ont peur et ne savent pas se servir de leurs fusils. Alix n'aurait pas eu peur, elle, et elle aurait tiré le sanglier avec sa carabine, pan!

—C'est décidément une jeune personne très brave, dit Mme Loudéac d'un ton de légère moquerie.

—Oh! reprit la perruche, ce n'est pas comme cette pauvre Marthe Lemoyne, qui a peur des rats, des araignées et des chauves-souris.

—Elle te l'a dit? demanda la mère en regardant sa petite fille en face.

—Oh non! mais elle dit qu'elle n'aime pas ces bêtes-là.

—Je t'avouerai franchement que je ne les aime pas non plus, et que je n'en ferais pas volontiers ma société habituelle.

—Oh! mais toi, maman, tu n'en as pas peur, tandis que Marthe doit en avoir peur; j'en suis sûre, je devine cela à son air. Elle est si..., si timide,... si..., si embarrassée.»

Ingrate Suzanne! Marthe l'aimait de tout son coeur. Mais, me direz-vous, pourquoi l'aimait-elle? Et moi, je vous répondrai: Sait-on toujours pourquoi l'on aime? Peut-être Marthe avait-elle deviné que Suzanne avait un coeur d'or, et lui pardonnait-elle à cause de cela d'avoir une tête de linotte! Elle l'aimait d'une affection discrète, silencieuse et timide. Elle ne s'offensait pas de ses rebuffades ou de ses dédains, parce que, n'étant pas égoïste, elle songeait peu à elle-même, et beaucoup à ceux qu'elle aimait.

Mme Loudéac, qui voyait clair, était touchée de ce dévouement discret, de cette affection tendre et vraie, de cette patience, de cette absence complète de jalousie et de mauvaise humeur.

Avec une affection quasi maternelle, Marthe veillait au bien-être de sa préférée, qui acceptait ses petits soins comme chose due, sans même les remarquer; Marthe songeait à lui envelopper le cou d'un foulard ou d'un fichu, pour la préserver de l'air frais de la mer, elle lui retrouvait son éventail ou son livre, toujours égarés dans quelques coins mystérieux; et pendant ce temps-là l'autre souriait à son idole, ou boudait son idole pour quelque caprice ou quelque préférence; en un mot, elle vivait de son idole et la voyait jusque dans ses rêves.

Sa petite tête romanesque se complaisait à imaginer mille et une situations où son idole jouait un rôle héroïque. Par exemple, on faisait une promenade en mer. Le canot chavirait. L'idole se précipitait dans le gouffre, pour en tirer son *bichon*. (Depuis quelque temps Suzanne appelait Alix sa *reine* et Alix appelait Suzanne son *bichon*.) Donc, la reine arrachait le bichon à la fureur des flots, et venait le déposer entre les bras de sa maman. Et alors la maman déposait un baiser sur le front de la reine, levait les yeux au ciel et se mettait à l'adorer pour la vie. (Pour le moment, et c'était un des grands soucis de Suzanne, Mme Loudéac témoignait un enthousiasme très modéré pour les vertus et perfections de la reine.) Une autre fois, un cheval emporté faisait mine de fouler le bichon aux pieds. Plus prompte que l'éclair, la reine s'élançait, enlevait le bichon à bras tendus, et tout d'une traite le portait à Mme Loudéac. Baiser sur le front, cela va sans dire, regards levés au ciel.

Une autre fois encore, un taureau descendait du plateau, rendu furieux par les mouches. Le bichon va être encorné et mis en pièces. Oui, mais un coup de feu retentit, le taureau tombe pour ne plus se relever. La reine apparaît tenant encore à la main sa carabine de salon. On devine le reste.

Un jour que le bichon, la reine et l'humble Marthe avaient fait la dînette à la villa des Tamarix, il leur prit fantaisie de faire un petit tour jusqu'à une plate-forme d'où l'on voit arriver les bateaux qui reviennent de la pêche. Pour être tout à fait exact, disons que cette fantaisie vint à la reine. Le bichon trouva l'idée admirable — règle générale, la reine n'avait que des idées admirables. — Marthe essaya bien, il est vrai, de faire quelques timides objections. Sans doute, dans un petit village comme Varangues-sur-Mer, où tout le monde se connaît, les enfants peuvent aller et venir sans inconvénient et sans danger, des villas à la plage et de la plage aux villas. Pourtant ne ferait-on pas bien de prévenir Mme Loudéac? La reine, sans daigner répondre, ouvrit la porte à claire-voie, le bichon la suivit, et Marthe, ne voulant pas avoir l'air de leur faire la leçon, les accompagna.

La reine continuait à marcher devant, le menton relevé, comme il convient à une reine, ayant ses cheveux d'or sur les épaules en guise de manteau royal. Elle avait une si fière allure, son pas était si vaillant, si héroïque, que le bichon, tout frissonnant d'enthousiasme, se retourna involontairement pour faire la comparaison de cette royale allure avec la démarche modeste de la pauvre Marthe, qui, toute contrite de se savoir en état de désobéissance, s'avançait la tête basse, d'un pas incertain.

«Allons, viens donc», lui dit le bichon; et en lui-même le bichon pensait: «On la prendrait pour la suivante de notre reine».

Tout à coup un cri aigu troubla la tranquillité du soir. Le bichon se retourna vivement. La reine, qui avait perdu toute majesté et même toute retenue, s'enfuyait à toutes jambes. Sa jolie figure, toute pâle, était enlaidie par une expression de terreur abjecte.

«Qu'est-ce qu'il y a?» s'écria Suzanne épouvantée.

Au lieu de lui répondre, la reine, qui semblait avoir perdu la vue aussi bien que l'ouïe, la bouscula violemment et la renversa dans la poussière. Sans prendre le soin de la ramasser, la reine éperdue gagna la porte du jardin, l'ouvrit et la referma brusquement derrière elle. Elle continuait de pousser des cris aigus, bousculant tout sur son passage, et jetant l'effroi dans toute la maison, sans pouvoir expliquer la cause de sa propre terreur. Elle monta l'escalier en courant, et ne s'arrêta que quand il lui fut impossible de monter plus haut.

Au moment où Marthe se mettait en devoir de relever Suzanne, qui était tout étourdie de sa chute violente, un gros ours brun apparut au tournant du sentier.

«Sauve-toi, dit Marthe à Suzanne, vite, ma mignonne, sauve-toi, pour l'amour de Dieu.»

Suzanne, à moitié relevée, retomba sur ses genoux; incapable de faire un mouvement, elle s'affaissa sur ses talons; ses deux mains jointes pendaient inertes devant elle, elle regardait l'ours qui trottinait sans se presser, et ses lèvres frémissaient.

Sans hésiter une seconde, Marthe, très pâle, mais très résolue, passa devant elle et marcha droit à l'ours. Arrivée à quelques pas de lui, elle leva d'un geste énergique la petite ombrelle qu'elle tenait, en criant: «Arrière, vilaine bête! arrière!»

L'ours, interdit, la regarda en clignant ses yeux clairs, et, comme elle continuait à s'avancer pour le tenir en respect et donner à Suzanne le temps de fuir, il souffla dans sa muselière et parut prendre une résolution énergique.

Se dressant à moitié, il s'assit lourdement dans la poussière et, saisissant le bout de ses pattes de derrière avec ses pattes de devant, il se mit à se dandiner lourdement d'avant en arrière et de droite à gauche.

«Oui, oui, je te conseille de faire le beau», dit une grosse voix, la voix d'un grand gaillard en guenilles, qui venait de tourner à son tour le coin du sentier. Cet homme était tout rouge et tout essoufflé à force d'avoir couru. «Ah! brigand! reprit-il en saisissant la chaîne de son pensionnaire. Ah! ingrat! ah! malfaiteur! Tu fausses compagnie à ton père nourricier! tu lui fais suer sang et eau pour te rattraper! tu fais peur à la petite demoiselle. Sais-tu bien ce qui serait arrivé si l'autre demoiselle ne t'avait pas si bravement arrêté? Tu aurais débouché au milieu du village, et le gendarme aurait mis ton maître en prison et toi en fourrière!»

Il scandait chacune de ses phrases par une bonne taloche appliquée sur le crâne de l'ours. L'ours faisait semblant d'avoir peur, et fermait les yeux à chaque taloche; mais il avait l'air de rire dans sa muselière; il montrait ses grands crocs, et sa langue pendait de côté.

Aussitôt qu'elle vit l'ours en puissance de son maître, Marthe, sans s'arrêter au bavardage de l'homme et aux grimaces de l'ours, saisit Suzanne dans ses bras et la couvrit de baisers pour la rassurer. Les servantes cependant étaient accourues, ainsi que Mme Loudéac.

«Elle n'a rien, elle n'est pas blessée, dit Marthe à Mme Loudéac, qui était devenue toute pâle de saisissement. Mme Loudéac prit Suzanne par un bras, tandis que l'autre bras demeurait passé sur les épaules de Marthe. Une fois dans le jardin, la porte bien fermée derrière elle, la pauvre petite fut prise d'un tremblement convulsif. Elle cacha sa tête contre l'épaule de Marthe en sanglotant. Et, au milieu de ses sanglots, elle murmurait d'une voix entrecoupée: «Oh! Marthe, oh! chérie, embrasse-moi.»

Marthe l'embrassa, et Suzanne retint la figure de sa petite amie tout près de la sienne et plongea ses regards dans les siens. Est-ce que, vraiment, l'acte d'abnégation et de bravoure folle qu'elle venait d'accomplir, avait embelli Marthe et l'avait comme transfigurée? Ou bien, la reconnaissance passionnée que ressentait Suzanne lui ouvrit-elle tout à coup les yeux? Quoi qu'il en soit, elle s'écria: «Chérie, belle chérie, oh! que je te trouve belle!»

Marthe se mit à rire d'un petit rire embarrassé et dit à l'une des servantes: «Claudine, allez préparer un verre d'eau sucrée pour Mlle Suzanne, pendant que nous allons la ramener!»

On avait un peu oublié la reine pendant tout cet esclandre. On la trouva dans une des mansardes, la figure cachée dans les mains, et criant à intervalles réguliers: «L'ours! l'ours!»

Quand on lui eut bien expliqué que l'ours ne l'avait pas suivie, que c'était un ours apprivoisé et que son maître l'avait emmené, elle consentit à descendre.

Malgré son aplomb de petite reine, elle fut un peu embarrassée de sa contenance quand on l'introduisit au salon. Suzanne était étendue sur le canapé, la tête contre l'épaule de Marthe, les deux mains dans les siennes, lui murmurant à l'oreille de jolis petits noms de tendresse.

A la grande surprise de Suzanne, sa mère témoigna à la petite reine plus de bienveillance que d'habitude. Je le crois bien qu'elle lui montrait de la bienveillance! Ne lui était-elle pas reconnaissante, cette mère prévoyante et sage, d'avoir pris soin de démontrer elle-même, et si clairement, à la petite Suzanne combien, malgré sa supériorité apparente, elle était inférieure à la bonne Marthe?

«Rien de grave, ma mignonne, dit Mme Loudéac en tendant la main à la petite reine, une vraie plaisanterie de carnaval.

—Ah! si j'avais eu ma carabine! s'écria la petite reine, qui avait repris son aplomb.

—Une ombrelle a suffi», dit Mme Loudéac en regardant Marthe avec tendresse. Elle ajouta, mais intérieurement, car à quoi bon frapper les gens qui sont à terre: «Une ombrelle et un bras vaillant!»

«On demande Mlle de Gayrel», dit Claudine en entr'ouvrant la porte du salon.

Comme Mlle de Gayrel devait partir le lendemain avec sa famille, elle fit ses adieux; ses petites amies et Mme Loudéac lui souhaitèrent bon voyage.

«Bon voyage!» selon l'intention des personnes, peut signifier: «Je souhaite sincèrement que votre voyage soit bon!» ou bien: «Bon débarras!» Les deux fillettes, sans arrière-pensée, donnèrent à cette expression son sens le plus favorable. Mme Loudéac, qui n'était pourtant pas malveillante, lui donna son sens ironique, sans en rien laisser paraître. Dans sa pensée, elle souhaitait:

«Bon voyage!» à l'influence pernicieuse de la petite reine sur l'esprit et le jugement de Suzanne.

A partir de la soudaine invasion de maître Martin dans le sentier des Tamarix, les opinions personnelles de Suzanne subirent un changement considérable sur la question des tresses, sur la condition sociale des architectes et sur bien d'autres sujets.

Les parents de Suzanne demeurent boulevard des Invalides, et ceux de Marthe rue de la Tour-d'Auvergne, c'est-à-dire aux deux extrémités de Paris; Suzanne suit ses cours, et Marthe les siens; toutes les deux ont des devoirs à faire, des leçons de piano, des leçons de dessin, et chacun des deux papas a ses occupations comme par le passé; chacune des deux mamans ses obligations mondaines, et, malgré cela, les deux petites filles se voient très souvent. C'est que, quand on tient beaucoup à se voir, on y arrive toujours, même à Paris. Or les deux mamans tiennent à se voir, et les petites filles aussi. Alors, cela va tout seul.


**FIN**